Kulleräugig und samtpfötig
Erinnerungen einer Katze

Birgid Krause

KULLERÄUGIG
UND
SAMTPFÖTIG

Erinnerungen einer Katze

Herstellung und Verlag:
Books on Demand GmbH, Norderstedt
ISBN 978-3-8391-0879-6

4,90 Euro

INHALT

VORWORT

Trotz ihres fortgeschrittenen Alters ist sie noch ausgesprochen hübsch; ja, man könnte sagen, sie ist immer noch eine Schönheit. Ihre Konstitution kann man durchaus als sehr vital bezeichnen. Sie macht mehrmals täglich ausgedehnte Spaziergänge und vergnügt sich sportlich im Freien, ganz egal, ob die Sonne scheint, ob Dauerregen herrscht oder ob wir Matschwetter haben. Nur von Eis und Schnee ist sie nicht sonderlich begeistert. Winterwetter empfindet sie offensichtlich als zu kalt.

Begegnen ihr andere Artgenossen, sind diese von ihrer imposanten Erscheinung total beeindruckt und halten zunächst gebührenden Abstand zu ihr, um die Lage zu sondieren. Nicht jeden lässt sie an sich heran. Sie selbst ist es, die sich ihre Freunde aussucht. Besonders der häusliche Bereich ist ihr heilig. Wachsamen Auges entscheidet sie ganz spontan, wen sie hereinlässt. Des Öfteren ist es schon vorgekommen, dass ein ungebetener Besucher sehr schnell wieder das Weite suchte, weil er ihren kritischen Blick und ihr Grollen nicht ertragen konnte.

Im Haus sorgt sie stets dafür, dass ein bestimmter Rhythmus eingehalten wird. Beispielsweise erwartet sie das Frühstück um sechs Uhr dreißig, den zweiten Imbiss, sobald sich ein menschliches Wesen zeigt, dann geht's raus, die Umgebung zu erkunden. Das kann ganz schnell gehen, zieht sich aber auch manchmal über mindestens eine Stunde hin. Nach der sportlichen Einlage wird erst einmal geschlafen. In ihrem Alter ist dies lebensnotwendig, damit sich „die Batterien wieder aufladen können".

Andererseits ist es ihr ein Anliegen, dass keine Langeweile aufkommt. Mit dahinschmelzendem Schlafzimmerblick und eindringlich um Gehör bittender Stimme schafft sie es immer wieder, sämtliche Bewohner des Hauses für sich arbeiten zu lassen. Aber - ganz egal, was man für sie tut: Man hat immer das Gefühl, dass es freiwillig und gerne geschieht!

Und wenn Sie jetzt wissen wollen, um welches bezaubernde Wesen es sich hier handelt: Es ist unsere fünfzehnjährige Katze TIGER. Seit Kurzem nennen wir sie liebevoll „qualmende Socke". Warum? Weil sie manchmal durchs Haus flitzt, als wäre der Leibhaftige hinter ihr her.

Wie es also einer ganz normalen Hauskatze ergeht, wenn sie wegen widriger Umstände aus dem Allgäu nach Berlin übersiedeln muss und seit etlichen Jahren dort lebt, das erzählt TIGER allen, die es wissen wollen und die Samtpfoten lieben.

ALLEIN

Plötzlich war ich mutterseelenallein in der Welt. Ich hatte keine Familie mehr. Mutter war tot. Meine vier Geschwister auch. Da stand ich nun – kaum dem wärmenden Nest entschlüpft, kaum mit meinen vier Beinen fähig, zu laufen. Was sollte ich tun? Wohin sollte ich jetzt gehen? Ahnungslos und ängstlich machte ich mich auf den Weg. Wie lange ich gelaufen war, weiß ich nicht. Es müssen Stunden gewesen sein, denn meine Beinchen waren schon ganz müde. Irgendwann roch es ganz verführerisch gut.

Von Weitem hörte ich fröhliche Stimmen und Lachen. Ich schnupperte mich langsam vorwärts, immer Deckung suchend. Man weiß ja nie, wohin man gerät! Das hatte mich meine Mama in meinem kurzen Dasein mit ihr gelehrt: „Halte Augen und Ohren offen und sieh dich lieber dreimal um, bevor du einmal in eine Falle tappst!" Ich hatte mir diesen Satz gut gemerkt. Die Stimmen der Menschen wurden immer lauter und der Geruch immer intensiver. Was war es? Es erinnerte mich an eine meiner ersten größeren Mahlzeiten mit Mama und den Geschwistern. Ja, es duftete nach Krebsen und Fisch! Hmmm, mir lief das Wasser im Maul zusammen. Gleich war ich da. Meine feine Nase hatte mich nicht betrogen. Hier wurde gegrillt! Und es gab tatsächlich Fisch. Vorsichtig robbte ich mich unter der dichten Gartenhecke durch. Dann stieß ich auf unendlich viele menschliche Füße. Wo fand ich denn nun endlich eine Lücke? Schräg links oder geradeaus? Irgendwas brauchte ich jetzt zwischen die Zähne! Ich nahm meinen ganzen Mut zusammen und sprang auf eine Bank zwischen zwei Menschen. Als die merkten, was los war, hatte ich mir schon das rote Eimerchen mit den Abfällen erobert. Da war ja noch so viel dran an den Krebsen! Während ich mich an den Köstlichkeiten erfreute, hörte ich das erstaunte Getuschel der Partygäste: „Ach guckt doch mal, wie niedlich ... Ist die süß ... So was Winziges und schon so verfressen ...". Die hatten alle keine Ahnung, was ich schon durchgemacht hatte! Ich futterte, was das Zeug hielt. Man weiß ja nie, wann einem die nächste Mahlzeit serviert wird. Die Menschen sahen mir amüsiert zu, versuchten mich anzufassen. Doch ich war viel zu beschäftigt. Endlich war ich rundum satt. Ich suchte mir ein Plätzchen und begann mit meiner Pflege. „Immer schön sauber halten, das Fell. Dann siehst du nie abgekämpft aus, auch wenn es dir schlecht geht" hatte Mama gesagt. Ach Mama! Warum hast du mich so allein gelassen? Während ich mich putzte, sinnierte ich so vor mich hin. Was soll jetzt werden? Wo soll ich hin? Ich hatte noch nicht einmal einen Namen. Wer war ich überhaupt?

Die Menschen in diesem wunderbaren Garten schienen sich ernsthaft für mich zu interessieren. Sie fanden mich süß, possierlich, ausgesprochen hübsch. Ich hätte so schöne Augen und ein so weiches Fell, und es wäre so hübsch gezeichnet! War ich etwa eine Schönheit? Mein Leben mit meiner Familie war viel zu kurz gewesen, als dass man dies hätte feststellen können. Zumindest hatte mir noch niemand gesagt, dass ich hübsch bin. Na ja, es wird schon so sein. Und ich werde es mir merken.

Jetzt hatte mich jemand hoch genommen. Ich saß auf einer Hand und spürte die Wärme. Die Nächte wurden langsam kühler. Der Herbst kam. Da war es gut, wenn es irgendwo warm war. „Ach, die ist aber wirklich süß, so 'ne Handvoll Katze" sagte der Mann, der mich hielt. „Schaut sie euch doch mal an!" Alle Menschen drückten sich ganz nah an ihn heran und betrachteten mich, während er mich sanft streichelte. Am liebsten hätte ich die Augen zu gemacht, um zu schlafen. „Jetzt schnurrt sie auch noch; ist die niedlich" meinte eine Frauenstimme, die ich vom ersten Augenblick an liebte. Kein Wunder, dass ich schnurrte. Ich hatte gefressen, ich wurde gestreichelt, die Hand, auf der ich saß, war angenehm kuschelig. Da konnte ich nicht anders. Ich fühlte mich wohl!

„Wem das kleine Ding wohl gehört? Hat es sich etwa verlaufen? Man könnte die Katze Schnurrli nennen". Die Frauenstimme, die ich liebte, hatte das gesagt. Macht die sich etwa Sorgen um mich? Eine nicht unangenehme Erfahrung. Nun hatte ich aber genug von den Streicheleinheiten. Ich rekelte mich und sprang von der Hand. „Oh", hörte ich die enttäuschten Rufe der Leute, „jetzt haut sie wieder ab. Schade". War da irgendwo Traurigkeit in meiner Lieblingsstimme zu hören? Es war schon fast dunkel. Ich musste mir einen Platz zum Schlafen suchen. Mutterseelenallein machte ich mich wieder auf den Weg.

HOFFNUNG

H chrrr, morgens ist es immer schon ganz schön kalt. Es dauert, bis die Sonne so richtig durchkommt und die Luft langsam erwärmt. Nach bewährter Katzenart rekelte ich mich in meinem Heuhaufen. Ich hatte gut geschlafen. Doch wo war ich? – Ach so, ich war ja jetzt allein. Keine Mama war da, die mich morgens liebevoll beschnupperte und beleckte. Traurig hing ich meinen Gedanken an meine ach so kurze Kindheit nach. Ich musste mich nun um alles selber kümmern. Mit einem Schlag war ich erwachsen geworden.

Das Naheliegendste war jetzt, an ein ordentliches Frühstück zu kommen. Mir kamen die wundervollen, leckeren Krebse von gestern Abend in den Sinn. Iiiihhh, aber nicht am Morgen! Ob ich es trotzdem mal bei den netten Menschen von gestern versuche? Die aßen jetzt bestimmt auch keine Krebse oder Fische. „Frisch gewagt ist halb gewonnen" hatte Mama immer gesagt. Ja, ich probier´s!

Eilenden Schrittes, mit erhobenem Schwanz und meiner Sache ganz sicher, steuerte ich jenes verheißungsvolle Grundstück in der Nähe an. Ich spitzte meine Ohren und stellte sie auf Empfang. Je näher ich kam, um so mehr pochte mein kleines Herz in freudiger Erwartung. „Ja, sie sind schon auf der Terrasse" hauchte ich vor mich hin und peilte die Lage, um ungesehen über die Straße unter die Gartenhecke zu gelangen. Schon war ich drin. Da saßen sie zu viert und tranken

Kaffee. Der unverkennbar menschliche Geruch von gestern Abend war auch wieder da. Es müssen jene Menschen sein, die mich so ausgesprochen hübsch fanden. Richtig. Der Mann, auf dessen Hand ich saß, war da und die Frau, deren Stimme ich so gerne hörte, saß auch am Tisch.

„Jetzt schaut doch mal, wer da kommt" sagte sie gerade, „das ist doch das Kätzchen von gestern. Miez, miez, miez, komm doch her!" Vertrauensvoll begab ich mich ganz vorsichtig in ihre Nähe. Sie kann nichts Böses im Sinn haben mit dieser freundlichen Stimme! Ich strich ihr um die Beine und sie nahm mich hoch.

„Du hast wohl Hunger und Durst, was, meine Kleine?" Und ob! Ich kam fast um vor Durst. Schnurrend ließ ich mich auf dem Schoß von Britta nieder und dann bekam ich ein großes Schälchen lauwarme Milch. Genüsslich schleckte ich mir mein Mäulchen ab, damit auch ja kein Tropfen verloren ging. Welch ein Frühstück! Ich wurde liebkost und gestreichelt, dass es mir fast die Schnurrhaare aufstellte! Soviel Wärme und - Liebe - hatte ich nicht erwartet. Mir fielen direkt die Augen wieder zu, so wohl war mir.

Aber ich musste auf Erkundungstour gehen, ich musste sehen, wo ich künftig meinen Alltag fristen wollte! Also streckte ich mich noch einmal und sprang dann behände vom Schoß herunter. Mein gesamtes Haarkleid war in Unordnung geraten. Einmal kräftig schütteln und alles stimmte wieder. Mit dem Eindruck, dass ich hier immer gern gesehen war, machte ich mich auf den Weg. Ich hörte noch den Ausdruck des Bedauerns bei Britta, als ich die gastliche Stätte verließ.

Was jetzt? Ich erforschte die Umgebung, sah mich um, wo ich bleiben könnte, wo ich mich häuslich niederlassen könnte. Viele Menschen begegneten mir. Manche fanden mich süß, andere meinten, sie hätten schon genug „Mitesser" am Hals und ich solle mich wegscheren. Was für eine wirsche Art! Der Hund eines Bauern jagte mich, kaum dass ich sein Revier betreten hatte, mit Schimpf und Schande vom Hof und der stolze Hahn krähte ihm noch Beifall. Fast schon entmutigt lief ich weiter. Inzwischen war wohl eine geraume Zeit vergangen und ich hatte wieder Hunger. Mein Magen meldete sich ganz laut. Was isst man um diese Zeit? Ich setzte mich in der Wiese nieder und überlegte. Da raschelt doch was? Neugierig stellte ich meine Ohren auf Empfang und nahm die Witterung auf. Es ist ganz nah. Da! Ein dicker Käfer quälte sich durch die hohen Grashalme. Das wäre doch eine schöne Mahlzeit, sagte ich mir, und lauerte ihm auf. Komm nur näher, mein Freund, gleich hab´ ich dich! Noch ein paar Schritte und – schnapp. Ich hatte ihn erwischt. Genüsslich kaute ich auf ihm herum und schluckte. Jaaa! Das war ein Festmenü. Einen von der Art könnte ich schon noch vertragen, dachte ich, als mir schon wieder die Augen zufielen. Vom vielen Laufen und der Riesenaufgabe, mich um alles selber kümmern zu müssen, war ich schon wieder entsetzlich müde geworden. Ich schloss die Augen und machte lang ausgestreckt ein Nickerchen am Wiesenrand.

WIE GEHT'S WEITER?

Vom Läuten der nahen Kirchenglocken erwachte ich und wusste zuerst gar nicht, wo ich war. Ach ja, nun fiel es mir wieder ein. Es wurde schon dunkel. Meine Güte. Wie lang hatte ich eigentlich geschlafen? Keine Ahnung. Jedenfalls brauchte ich dringend ein trockenes und sicheres Nachtlager. Ich sah mich ziemlich ratlos um. Kein Haus, keine Hütte, nur ein unordentlicher, abgedeckter Haufen Holz lag da am Rand der großen Wiese herum. Na ja, besser als gar nichts! Ich sondierte die Lage und kroch vorsichtig hinein.

Es ist doch ganz gemütlich hier, sogar noch weich mit Heu gepolstert. Hier bleibe ich. Ich zupfte mit meinen Pfoten das Heu etwas zurecht, streckte meine müden Glieder lang aus und fühlte mich recht geborgen. Sofort fiel ich in einen tiefen Schlaf und träumte von einer warmen, weichen Behausung mit vielen Geschwistern und meiner lieben Mama.

Mama ... Ich muss es im Traum wohl öfters laut geseufzt haben, denn ich wachte von meiner eigenen Stimme plötzlich auf. Die Morgensonne stand am Horizont und blendete meine schlaftrunkenen Augen durch einen Spalt meines Nachtlagers. Genussvoll rekelte ich mich, brachte mein Fell wieder in Ordnung und schlich unter dem Holzhaufen hervor. Huch, es ist doch empfindlich kühl am Morgen!

Wo sollte ich hin? Immer wieder dachte ich an die netten Menschen, die mir begegnet waren. Ob sie mich wohl vermissen? In Gedanken versunken saß ich eine ganze Weile am Wiesenrand. Große Geräte, die einen höllischen Lärm von sich gaben, rollten an mir vorüber. Manchmal war es so laut, dass ich mich vor Schreck bäuchlings auf die Erde warf. Was sollte ich nur tun? Ich hatte entsetzliche Angst und schlotterte am ganzen Körper. Dann fasste ich mutig einen Entschluss.

ANGENOMMEN

Beherzt trottete ich zurück zum Grundstück, wo ich gestern eine so gute Mahlzeit ergattert hatte. Unweit der Gartenhecke lauschte ich auf mir vertraute Stimmen. Ja, da waren sie wieder. Sie sind da, die Menschen, die ich mir ausgesucht hatte, bei denen ich mein Leben verbringen wollte. Jetzt kam es nur darauf an, dass sie auch **mit mir** leben wollten!

Mit leisen Miaurufen tastete ich mich behutsam nach vorne. >Miau, ich bin wieder da, hört ihr mich?< Schritt für Schritt tapste ich etwas unbeholfen auf der Terrasse herum, bis mich endlich jemand entdeckte. „Jetzt guckt doch mal, wer da kommt!" Die freundliche Stimme von Britta drang an meine kleinen Ohren. Gleich meldete ich mich mit einem, wie ich meinte, ebenso freundlichen Miau und versuchte, auf ihre Knie zu hopsen. Das ging aber mächtig schief! Ich war noch zu unerfahren und hatte nicht die leiseste Ahnung, wie hoch ich tatsächlich springen musste. Britta quietschte ein wenig. Meine winzigen, aber doch schon recht scharfen Krallen hatten ihr wohl Schmerzen bereitet. Ob sie mir jetzt böse ist? Meine Güte, was hatte ich für eine Angst, dass sie mich nun nicht mehr mochte! Innerlich zitterte ich wie Espenlaub im Sommerwind und war furchtbar aufgeregt. „Hey, komm her du kleines Kerlchen. Hast wohl wieder Hunger, was!?" Sie fasste mich unter meinem

Bauch. Jetzt quietschte ich, denn das war nicht so angenehm; mir war ein bisschen übel bei dieser Aktion und es war erst das zweite Mal für mich, dass ein menschliches Wesen mit mir so einen Höhenflug veranstaltete. Aber sie setzte mich behutsam auf ihrem Schoß ab und streichelte mich, während Elfi – das war die nette Frau, von der ich meine Mahlzeiten bekam – für mich ein Schälchen Milch herbei holte. Voller Heißhunger und Durst steckte ich mein Schnäuzchen wohl etwas zu tief in die Milch. Denn als ich meinen Kopf wieder anhob, brachen alle Anwesenden in Gelächter aus. Ich muss ganz schön komisch ausgesehen haben! Na ja, so etwas kommt eben mal vor – noch dazu, wenn man so unerfahren ist, wie ich es noch war. Schließlich hatte ich bis vor nicht allzu langer Zeit noch an den Zitzen meiner Mama gesaugt. >Ach Mami, du fehlst mir so!< Trotzdem fühlte ich mich wirklich wohl auf dem Schoß von Britta. Ich wurde gekrault und lieb­kost, überall dort, wo Mama mich auch geleckt hätte. >Mama, miau< entfuhr es mir ganz plötz­lich und ich rekelte mich hin und her und begann zu schnurren. „Sie fühlt sich wohl, hört doch nur! Ich glaube, das wird unser Kätzchen!" >Jippiiiie<, da war er, der Satz, auf den ich ge­wartet hatte. Sie hat >unser Kätzchen< gesagt! Ich hatte es mir sooo gewünscht.

Jetzt hatte ich wieder eine Familie.

VORBEREITUNGEN

In meinem Inneren erklang plötzlich so etwas wie Musik. Ich fühlte mich so leicht und beschwingt. Schnell hopste ich von Brittas Schoß herunter und sprang auf der Terrasse hin und her. In meinem kleinen Katzengehirn jagte ein Gedanke den anderen:

Was werde ich jetzt alles erleben? Was passiert als Nächstes? Wohne ich nun für immer hier? ...

Ich war ganz aufgeregt und lief durch den großen Garten. Wem sollte ich jetzt von meinem großen Glück erzählen? Ich war so aufgeregt, dass ich mich gar nicht mehr beruhigen konnte. Zum Glück lockte Hendrik mich nun auf seinen Arm und ich ließ mich erschöpft in seiner Armbeuge nieder, schloss die Augen und stellte mir eine wunderbare Zukunft vor. Die gedämpfte Unterhaltung *meiner* Menschen, die so heilsam auf mich wirkte und einen Mantel der Geborgenheit um mich legte, drehte sich wohl darum, was als Nächstes zu geschehen hatte.

„Was müssen wir denn nun alles beachten, dass es dem Kätzchen gut geht, wenn wir es mitnehmen wollen?"

>Wohin, miau?< entfuhr es mir. Sollte ich meine Heimat, das schöne Allgäu verlassen? Hier erinnert mich so Vieles an meine Mama und die Geschwister. Nun ja, vielleicht ist es besser, das alles nicht täglich sehen zu müssen. Ich hatte jetzt eine bessere Zukunft vor mir, so hoffte ich.

Ein Telefongespräch mit dem Tierarzt ergab, dass man mich einen Tag und eine Nacht im Hause behalten sollte, um herauszufinden, ob ich mich als Wohnungskatze eignen würde. Was ist wohl eine Wohnungskatze? Oh, ich musste noch so Vieles lernen, um die Sprache der Menschen zu verstehen! Ich machte mich aber erst mal nicht verrückt damit. Ich fühlte mich wohl hier und ließ einiges mit mir geschehen. Sie würden jetzt ja alle auf mich achten, denn sie hatten mich ja lieb! Es würde mir also nichts Schlimmes passieren. Soviel hatte ich begriffen.

Alle Bewohner versuchten nun, mir das Innere des Hauses zu zeigen. Wohin ich auch lief, immer folgte mir jemand und gab irgendwelche Erklärungen ab. Es störte mich ein wenig. Schließlich war ich damit beschäftigt, die Umgebung zu erschnuppern – und dabei musste ich mich konzentrieren, um den Geruch auch aufzunehmen und zu speichern. Bevor ich die Treppe ins Untergeschoss nehmen wollte, stieß Britta einen leichten Entsetzensschrei aus:

„Vorsicht, du kleiner Tiger, da geht´s tief runter und es ist rutschig!"

Doch ehe sie sich alle versahen, war ich unten angelangt und fand die Katzentoilette, die für Benni hier stand. Benni wohnte nämlich schon länger hier und war ein stattlicher, junger, rothaariger Kater. Wie praktisch, dachte ich, stieg hinein und gab einem Bedürfnis nach, das mich sowieso schon länger bedrängt hatte. Ahhhh – welche Erleichterung! Ordentlich, wie es mich meine Mama gelehrt hatte, verscharrte ich meine Hinterlassenschaft in der Hoffnung, dass ich Benni´s Kreise damit nicht zu sehr gestört hatte.

So, nun war alles besichtigt. Munter sprang ich wieder nach oben – und alle hinter mir her. Das fand ich äußerst lustig und veranstaltete in der Diele noch ein paar Extrasprünge. Das Publikum lachte entzückt und applaudierte lang.

>Damit habt ihr wohl nicht gerechnet, was?< meinte ich voller Tatendrang und miaute noch ein wenig mehr. Elfi legte ihre weiche, kupferfarbene Kuscheljacke auf den Boden. Na, das war ja gerade richtig zum Schlafen! Ich grub mich ein wenig ein, nuckelte an der Wolle und fiel inmitten der geräumigen Diele in einen tiefen Schlaf. Ich fühlte mich, als wäre ich zuhause bei meiner Mama! Und ich träumte von ihr. Es störte mich kein bisschen, dass immer wieder Menschen in der Diele auf und ab liefen. Ich wusste ja: Es sind *meine Menschen, meine Familie* und sie würden mir nichts zuleide tun. Ich war so froh, dass ich nun nicht mehr allein war!

Am nächsten Tag machten Britta und Hendrik sich auf den Weg mit mir. Sie hatten mich in einen weißen Gitterkasten, den sie Käfig nannten, gesetzt. Wozu? Glaubten sie etwa, dass ich abhauen würde? Hatten sie wirklich Angst, sie könnten mich wieder verlieren? Die hatten mich doch nicht etwa schon lieb? ... Wahrscheinlich konnten sie mich so nur besser herumtragen.

Ein Gefühl der Übelkeit machte sich in meiner Magengegend breit, als Hendrik den Käfig in einem Auto abstellte, sich dazu setzte und nach Britta rief.

„Ich bin mal neugierig, was der Tierarzt sagen wird", meinte sie. „Hoffentlich kann sie die Reise vertragen und hält es dann ohne Freilauf aus!"

Was das zu bedeuten hatte, konnte ich mir jetzt nicht so richtig erklären. Was heißt Tierarzt oder Reise? Ich war schon wieder sehr aufgeregt. Wir fuhren eine Weile durch die hügelige Landschaft. Dann hörte ich plötzlich ein unheimliches Stimmengewirr. Meine winzigen Ohren richteten sich wie selbst gesteuerte Antennen nach den Geräuschen aus. Was mochte da wohl los sein? Die Lösung des Rätsels ergab sich prompt: Wir waren in einem Zimmer, in dem es mehrere solcher Käfige gab, in denen einige meiner Artgenossen, sowie Vögel, Meerschweinchen, Hamster saßen und mehr oder weniger erregt piepten, quiekten oder eben Laute von sich gaben. Und da saßen auch Menschen mit ihren Hunden, die verängstigt um sich schauten. Der eine oder andere konnte sich wohl auch nicht vorstellen, was hier vor sich ging. Ein für meine Begriffe sehr hübscher Schäferhund rollte seine treu blickenden Augen ängstlich hin und her und wimmerte vor sich hin. Worauf die wohl alle warteten? Wir setzten uns dazu und warteten auch.

Es dauerte eine ganze Zeit lang, bis mir klar wurde, was hier geschah: Alle Wesen mit ihren jeweiligen Begleitern wurden der Reihe nach in einen anderen Raum gerufen und kamen dann wieder heraus. Manch ein Tier trug einen Verband, ein anderes, das vorher aufgeregt war, schlief jetzt oder es hatte zumindest den Anschein. Eine Katze, die mit ihrem Frauchen wieder zurückkam, wollte ich fragen, was da passiert. Sie konnte nichts sagen, sondern zwinkerte nur mit den Augen, was wohl soviel bedeutete wie: Mach´ dir keine Sorgen! Na gut, ich machte mir keine. Schließlich hatte sie ja Erfahrung.

Jetzt kamen wir an die Reihe. Ein netter Mann in weißem Kittel holte mich aus meinem Käfig und versuchte mich durch leises Sprechen zu beruhigen:

„Keine Angst, mein Kleines, wir wollen dich nur untersuchen und sehen, ob du krank bist. Du bist aber ein hübsches Tierchen!"

>Miau<, rief ich, denn er guckte mich an meiner empfindlichsten Stelle an.

„Du bist ein Mädchen", sagte er dann.

„Wie heißt du denn, hast du schon einen Namen?"

>Kätzchen heiße ich< wollte ich gerade sagen, da steckte er mir etwas ins Mäulchen, das sehr komisch schmeckte. Vor Schreck schluckte ich das Zeug auch noch. Da hörte ich, wie der Mann zu meinen Menschen sagte:

„Ich habe ihr eine Tablette gegeben, damit sie sich auf der Reise ruhig verhält." Was, um Himmels willen, ist eine Tablette? In meinem Kopf drehte sich alles. Und während ich noch überlegte, begann ich furchtbar müde zu werden und ich musste wohl oder übel die Augen schließen. Dann pikte es mich in meinem Hinterleib. >Au, miau< gab ich ganz zaghaft von mir. Weit entfernt hörte ich, wie der Weißkittel sagte, er hätte mich gegen Katzenseuche geimpft. *Mein* Frauchen erhielt ein Buch, in dem das alles aufgezeichnet war, was mit mir geschah.

„Das Impfbuch bitte zu jeder weiteren Untersuchung mitnehmen, dann wissen die Kollegen Bescheid, wie es mit Ihrem Tier bestellt ist. Und jetzt: gute Reise!"

Liebevoll und vorsichtig wurde ich wieder in den Käfig gesetzt und gestreichelt. Dann verließen wir die Tierarztpraxis und fuhren zurück zu Elfi.

ES GEHT LOS!

S ie war ganz gespannt darauf zu erfahren, was der Tierarzt für eine Meinung vertreten hatte. War ich geeignet zum Stubentiger? Britta und Hendrik hatten zum damaligen Zeitpunkt nur eine große Wohnung in Berlin und ich war doch auf dem Land, im Allgäu, geboren worden – in Freiheit sozusagen.

„Ja, ja, wir können sie mitnehmen, die süße Kleine und wir werden sie Tiger nennen, auch wenn sie ein Mädchen ist", erzählte Britta voller Eifer. „Sie wird es schon aushalten bei uns. Die Wohnung ist ja groß genug zum Toben! Aber jetzt müssen wir uns auf den Weg machen, sonst lässt die Wirkung der Tablette nach, die Tiger zur Beruhigung bekommen hat. Dann ist die Fahrt für sie nicht so belastend".

Die Reise ging also jetzt wirklich los. Ich döste im Halbschlaf so vor mich hin und wurde samt Käfig auf den Rücksitz im Auto gestellt. Meine Menschen verabschiedeten sich von der Freundin und schon waren wir unterwegs.

IM AUTO

Eigentlich spürte ich nicht viel von dem Geholpere auf den Straßen. Ich döste fast die ganze Zeit vor mich hin. Mir war so angenehm schläfrig zumute. Doch dann ließ wohl die Wirkung der Reisetablette langsam nach, und ich begann, aufzuwachen. Immer noch lag ich in diesem ollen Käfig. Ich richtete mich auf und versuchte, darin auf und ab zu laufen.

>Hey, merkt denn keiner, dass ich wach bin?< Lauthals quietschte ich, was das Zeug hielt, während das Auto immer weiter fuhr. Endlich drehte sich Britta mal zu mir um und wollte mich beruhigen. Aber ich zickte nur herum. Ich wollte aus diesem Gefängnis heraus! Britta steckte ihre Hand ein wenig durch die Gitterstäbe. Da biss ich kräftig in ihre Finger.

„Au, du kleines Luder, lass das!"

Britta und Hendrik machten eine kleine Pause, nahmen mich aus dem Käfig. Aber ich bekam eine Leine umgelegt, damit ich nicht abhaute. „Vielleicht muss sie mal oder sie hat Durst" unterhielten sich die beiden.

Doch das war es nicht. Ich wollte einfach nur nicht eingesperrt sein! Aber die Reise war noch nicht zu Ende, und so musste ich die Tortur noch ein wenig ertragen. Prompt saß ich auch wieder fest. Es blieb mir nichts anderes übrig als zu protestieren, so laut ich konnte!

26

ENDLICH DAHEIM

Nach einer mir endlos lang erscheinenden Weile landeten wir endlich in Berlin. Dort, wo wir hinfuhren, in den Stadtteil Kreuzberg, war nichts zu spüren von ländlicher Idylle. Berlin war eine riesige Stadt. Eine Menge großer Häuser reihten sich aneinander, es gab irre lange und breite Straßen mit viel Verkehr und Tausenden von Leuten. Alles zusammen ergab eine ziemlich laute Geräuschkulisse, was mir ja bisher völlig fremd war.

Meine Menschen redeten liebevoll auf mich ein und erklärten mir, dass ich jetzt hier zuhause wäre. Aber das wusste ich ja längst! Doch sie hatten eben keine Ahnung, dass ich es wusste. Hendrik trug mich ins Haus und über viele Stufen erreichten wir schließlich die Wohnung. In der Küche öffnete er den Käfig und ich konnte endlich meine lahmen Glieder strecken. Was für ein Gefühl! Ein Schälchen mit Wasser bekam ich auch gleich. Ich hatte auch mächtig Durst. Meine Kehle war schon ganz trocken vom vielen Protest-Miauzen.

Jetzt machte ich mich auf, die Wohnung zu erkunden. Es war einfach toll: Ein langer Flur lud mich richtig ein, drauf loszurennen. Über ein paar Stufen kam ich ins riesengroße Wohnzimmer, wo ich mich gut hinter einigen Möbeln verstecken konnte, wenn es sein musste. Es gab ein großes, grünes Mohair-Sofa. Dort konnte ich mich gemütlich niederlassen, das sah ich sofort. Und es lagen kuschelige Teppiche herum, auf denen man sich ausgezeichnet hin und her rollen und schön spielen konnte. Inzwischen hatte Hendrik auch meine Toilette aufgestellt. Das war auch allerhöchste Zeit, denn ich musste ganz dringend Pipi machen!

Ja, ich glaube, dass es mir hier gut gefallen wird. Ich hatte endlich wieder ein Zuhause!

ERSTER ÄRGER

Die Wohnung war so riesengroß, dass ich einige Tage brauchte, um alles zu entdecken. Am besten gefiel mir der lange, braune Schrank im Wohnzimmer. Er war bestückt mit vielen Büchern und einigen „schönen Dingen".

Wenn ich genügend Anlauf nahm, konnte ich richtig gut in die Fächer hinein springen. Das machte mir eine ganze Weile einen Heidenspaß, bis ... ja, bis eines Tages ein kostbares Öllämpchen zu Bruch ging.

Ich war voller Freude über meine neu gewonnene Familie herumgesprungen. Es ging mir so richtig gut! Mit Karacho rannte ich den Flur entlang, nahm zwei Stufen auf einmal (bei meinen kurzen Beinen war das ein riesiges Kunststück!), setzte zum Sprung an und landete in dem Fach mit der Öllampe aus Muranoglas. Diese erhielt einen Stoß, begann zu rutschen und ... fiel auf den Schrankabsatz unter mir und – o Schreck - weiter auf den Teppich! Herrjeh, was für eine Schweinerei! Die Lampe war zerbrochen und das Lampenöl im Nu ausgelaufen. Ratlos sah ich mir von oben das Malheur an, maunzte vor Angst und lief unruhig in meinem Fach hin und her. Da nahte auch schon Britta; sie hatte den Lärm in der Küche gehört. Ein äußerst böser Blick traf mich und dann erhob sich ihre sonst so angenehme Stimme zu einem furchterregenden Grollen. Gleichzeitig ergriff sie mich mit eiserner Hand und setzte mich sehr unsanft auf den

Boden. Was sie mir damals für schlimme Worte an den Kopf warf, habe ich inzwischen vergessen. Ich weiß nur noch, dass ich mich in meinem ganzen Leben noch nie so elend gefühlt hatte, wie in diesem Augenblick. Als ich schuldbewusst in die Küche Richtung Katzentoilette trottete (irgendwie war mir die ganze Sache auf meinen Darm geschlagen), wurde mir blitzartig bewusst, dass ich ohne nachzudenken meine frisch gewonnene Position riskiert hatte!

GEFAHR

Solcherlei Streiche fielen mir immer wieder ein. Ich war einfach jung, ungestüm und hatte einen riesengroßen Bewegungsdrang. Manch ein wertvolles Stück von den Dingen, die so herumstanden, ging noch entzwei. Aber ich fand schnell heraus, dass es mir nicht viel schadete. Ich wurde zwar immer gerügt und oftmals endete ein fürchterlicher Wortschwall von Britta auch damit, dass sie mir die Zeitung hinterher warf. Doch ich war meistens schneller und bekam nicht viel ab. Und an der Liebe zu mir änderte sich gar nichts. Hendrik und Britta hatten mich einfach lieb! Das spürte ich immer wieder.

In regelmäßigen Abständen machte mein Frauchen die Wohnung sauber. Dann öffneten sich auch Türen, die sonst verschlossen waren. Ich mochte das sehr, denn dann hatte ich irrsinnig viel Platz zum Rennen und Toben. Besonders liebte ich es, wenn im Schlafzimmer die Betten frisch bezogen wurden. In diesem Raum war mir nämlich normalerweise der Zutritt verboten. Warum machten meine Menschen nur so ein Geheimnis daraus? Ich konnte das einfach nicht verstehen.

Wie auch immer, beim Bettenbeziehen hatte ich auch dort Zugang und nützte diesen Umstand natürlich aus. Neugierig beschnupperte ich die am Boden liegende, abgezogene Bettwäsche und kuschelte mich hinein. Verrückt, wie ich war, spielte ich mit dem Zipfel eines Kissenbezuges so, als wollte er mir entwischen. Nach einer Weile hatte ich genug und ging auf Erkundungstour. Was es da wohl unter den bodenlangen Gardinen zu finden gab? Von Britta unbemerkt, hangelte ich mich an einer Gardine hoch und gelangte so auf das Fensterbrett. Aha, hier konnte man gut Ausschau halten auf die Tauben, die auf dem Dach gegenüber in der Regenrinne Unsinn machten. Aufgeregt stolzierte ich auf dem Fensterbrett umher. „Hey, könnt ihr mich sehen? Ich bin neu hier und das ist mein Zuhause." Ich bemerkte einen leisen Luftzug und sah das geöffnete Fenster. Das war doch die Gelegenheit, mich mal mit den Vögeln bekannt zu machen. Verstohlen blickte ich hinter mich; denn ich hatte ein wenig Bammel. Ich wusste genau, dass ich etwas Verbotenes im Sinn hatte! Doch der Reiz des offenen Fensters war so groß, dass ich nicht widerstehen konnte. Britta konnte mich durch die Gardine nicht entdecken. Also wagte ich den Schritt auf den Sims und war draußen. Ich fühlte mich super und genoss die gewonnene Freiheit. Mit etlichen Miaurufen tat ich dies auch lautstark kund, während ich auf der Brüstung hin und her stolzierte.

„Ach, du meine Güte", hörte ich plötzlich einen Schreckensruf aus dem Zimmer. „Tigerlein, was machst du denn da draußen? Da ist es doch gefährlich!" Britta öffnete das Fenster weit und versuchte, mich hereinzulocken. Es dauerte eine ganze Weile, bis ich begriff, was los war: Ein unachtsamer Schritt, und ich wäre einige Meter tief gefallen. Wir wohnten ja schließlich in der dritten Etage! Als ich mich endlich wieder im Raum befand und Britta mich in den Arm nahm, war mir dann doch etwas blümerant zumute und mein kleines Herz pochte schnell. „Du kleiner Wildfang, das ist ja noch mal gut gegangen. Dich kann man wohl gar nicht unbeobachtet lassen!" Mit einem Seufzer der Erleichterung setzte mich mein Frauchen im Flur ab und schloss demonstrativ die Schlafzimmertür.

SCHLIMME TAGE

Eines Tages kam Verena zu Besuch. Ich mochte sie. Sie roch irgendwie vertraut und ich erfuhr später, dass sie einen Kater bei sich wohnen ließ. Ja, ja ... davon erzähle ich später vielleicht noch mehr. Verena brachte mir immer was mit: Katzenherzchen oder Brekkies, meistens waren es recht leckere Dinge. Diesmal bekam ich eine Knabberstange. Britta legte sie demonstrativ in den Käfig, der plötzlich auf dem Tisch stand. Ansonsten war der nie zu sehen! Was sollte das denn? Musste ich jetzt auch noch Turnübungen veranstalten, um an meine Geschenke zu kommen? Irgendwie kam mir das seltsam vor. Mein Heißhunger nach dieser Knabberstange war jedoch so groß, dass ich mich hinreißen ließ und in den Käfig hopste. KLATSCH! Da fiel die Klappe zu. Und niemand kam, um mich zu befreien. Herrjeh, was stand mir denn jetzt bevor?

Des Rätsels Lösung: Verena brachte mich zum Tierarzt. Aber was sollte ich denn dort? Ich war doch nicht krank! Diese seltsamen, quirligen Fellbewohner, die man wohl Flöhe nennt, waren bei mir auch nicht heimisch. Mir fehlte doch nichts, ich war doch kerngesund! Also, warum musste ich zum Tierarzt? – Ich habe es herausgefunden, nachdem alles zu spät war! Am liebsten würde ich dieses schauerliche Kapitel aus meiner Lebensgeschichte streichen. Es war ein schreckliches Gefühl – danach! Und auch nur diesen Zustand kann ich beschreiben, denn das eigentliche Ereignis habe ich ja nicht mitbekommen. Da hatte man mich narkotisiert. Also: Irgendwann, nach eingehenden Untersuchungen, bekam ich eine Spritze, von der ich ganz schön müde wurde. Dann verließen mich meine Sinne.

Als ich wieder aufwachte, wusste ich zunächst gar nicht, wo ich war. Noch etwas benebelt versuchte ich, meine Augen zu öffnen. Meine Güte, mir war irrsinnig übel. Ich wollte mich aufrichten. Da spürte ich an meinem Bauch ein kräftiges Ziehen. >Au miau< entfuhr es mir. Eigentlich wollte ich gar nichts sagen, aber ich konnte nicht anders. Was war nur los? Wie ich mich auch drehte, es ziepte und zog fürchterlich. Dann bemerkte ich, dass ich offensichtlich zuhause war. Brittas besorgtes Gesicht beugte sich über mich. Was sie - wohl zu meiner Beruhigung - vor sich hinsäuselte, konnte ich nicht verstehen. Mir war ja so kotzübel! Immer wieder musste ich seufzen >miau au miau<. Ich lag in einem mit Handtüchern ausgelegten Karton auf dem weichsten Teppich im Wohnzimmer und Britta kniete neben mir. Sie streichelte mich und redete leise auf mich ein. Ich fühlte mich trotz meiner Schmerzen geborgen. Irgendwann verspürte ich großen Durst und versuchte mich hoch zu rappeln. Hilflos kippte ich wieder um. Die Beine knickten einfach ein wie vom Sturm gepeitscht. Ich konnte das Gleichgewicht nur schwer halten. Beim dritten Versuch klappte es, dass ich wenigstens stehen konnte. Britta hatte wohl schon geahnt, dass ich trinken wollte. Sie hielt mir hilfsbereit das Schälchen mit Wasser unter meine Nase. Welch ein Genuss! Ich glaube, Wasser hat mir nie so geschmeckt wie damals. „Armes Tigerlein" hörte ich die von mir geliebte Stimme immer wieder flüstern. „Haben sie dir dein Bäuchlein aufgeschnitten. Kleine süße Katzenbabys wirst du jetzt wohl nie bekommen können". Das war es also! Man hatte mir die Möglichkeit genommen, einmal Mutter zu werden.

Nun, was sollte ich dazu sagen? Ich war noch zu jung, um das ganze Ausmaß des Geschehens begreifen zu können. Aber ich fühlte in mir irgendwo schon eine gewisse Leere: Katzenbabys sind doch so was Niedliches. Keine eigenen Kinder zu haben ist schon ein harter Brocken zum Verkraften!

ALLES WIEDER GUT

Es ging mir sehr schnell wieder besser und ich fühlte mich rundum wohl. Britta und Hendrik tollten mit mir herum, wenn sie zuhause waren. Vormittags und eine Weile am Nachmittag war ich meistens allein. Die beiden gingen arbeiten. Jemand musste ja schließlich für Essen und Trinken sorgen, auch für mich! Doch über Langeweile konnte ich eigentlich nicht klagen. Meine neue Behausung war so riesengroß, dass es dauernd irgendetwas Neues zu entdecken gab.

Zum Beispiel lag im Wohnzimmer ein großer, weißer Teppich mit langen Haaren. Es war so kuschelig, sich darin umherzuwälzen. Ich konnte mich dort stundenlang aufhalten. Manchmal spielte ich auch mit so lang gezogenen Fäden, kaute daran herum oder peilte einen aus der Ferne an, um dann auf ihn loszuspringen. Besonderen Spaß machte es mir, eine Ecke des Teppichs mit meiner Schnute hochzuschieben und dann darunter zu kriechen. Es roch dort ganz anders als oben drauf, und wenn ich weit genug hineinrobbte, konnte ich mich verstecken und dachte, ich wäre unsichtbar! Dass es aber dort, wo ich lag, an der Oberseite eine Beule gab, bekam ich erst viel später mit.

Manchmal lag ein Karton herum, in den ich hineinspringen konnte. Immer wieder raus und rein, das war eine Freude! Oder ich fand eine Tüte. Diese aufzumachen und hineinzukriechen machte mir auch einen Heidenspaß. Dann

>krähte< ich, wie Britta immer sagte, wenn ich
undefinierbare Lustgeräusche von mir gab, und
fand das Leben einfach super!

Im Badezimmer gab es eine sogenannte
Revisionsklappe. Manchmal war sie offen. Dann
setzte ich mich davor und konnte ewig lange das
Loch beobachten. Es wohnten langfüßige, dick-
bauchige Spinnen darin. Denen zuzusehen, wie
sie ihre Netze webten, war einfach interessant.
Oder ich sprang auf den Waschtisch, um mich in
einem der zwei Becken zu verstecken und am
Wasserhahn zu lecken. Es gab so Vieles, was ich
tun konnte! Zwischendurch suchte ich mir natürlich auch ein lauschiges Plätzchen, um zu dösen
oder auch fest zu schlafen. Schließlich war ich ja
noch jugendlich und benötigte meinen Schön-
heitsschlaf!

UMZUG

Ein Jahr lang lebten wir gemeinsam in der Yorckstraße. Ich war dort recht glücklich. Doch ab und zu vermisste ich etwas mehr Freiheit. Ich hätte so gerne frische Luft pur eingeatmet oder mir irgendwo draußen die Sonne auf den Pelz scheinen lassen. Leider war das immer nur durch ein geöffnetes Fenster möglich, denn die Wohnung lag in der dritten Etage. Meine Menschen ließen mich auch nicht allein auf den Balkon. Nur mit Britta war ich manchmal dort. Dann nahm sie mich auf den Arm, kraulte mich und erklärte mir all die Gefahren, die mich ereilen könnten. Ich hörte ihr aufmerksam zu. Und irgendwann erzählte sie mir, dass wir bald einen großen Garten haben würden und ich dort auch allein herumlaufen könnte. Das war eine äußerst gute Nachricht!

Eines Tages wurden eine Menge gefalteter Kartons in unserer Wohnung abgestellt. Eine ungeheuere Geschäftigkeit brach aus. Britta bekam Besuch von einigen Damen, die ihr behilflich waren. Sämtliche Schränke wurden ausgeräumt, der Inhalt in jene Kisten verpackt. Es waren unheimlich aufregende Tage für mich. Ich liebte Schachteln und geöffnete Kartons schon immer: Man konnte sich so gut darin verstecken. Immer wieder hüpfte ich mit mehr oder weniger Anlauf zwischen die arbeitenden Frauen und hinein in eine fast volle Kiste. Amüsiert durch meine geballte Energie hatten die Damen mancherlei zu lachen und hoben mich wieder

39

heraus, um die Schachtel zu schließen. Ich meckerte heftig mit manch einem >miau< und verschwand zwischen den gestapelten Umzugs-kisten. Eine ganze Weile ging das so. Wenn Brittas Freundinnen wieder weg waren, überfiel mich meistens eine tiefe Müdigkeit und ich zog mich zurück auf irgendeine fertige Kiste, die jetzt zahlreich herumstanden. Manchmal legte ich mich auf Brittas Schoß, wenn sie die Beine zur Entspannung hoch lagerte. Dort war es so heimelig. Ich wurde an meinem Köpfchen ge-krault und am Bäuchlein gestreichelt. Ach, war das schööön!

DAS NEUE HAUS MIT GARTEN

Irgendwann war die ganze Wohnung leer geräumt. Das hat man mir erzählt. Ich war nämlich ausquartiert worden, damit ich von dem ganzen Stress nichts mitbekommen sollte. Wegen meiner Psyche. Ist das nicht rücksichtsvoll? Während der Umzug vonstattenging, war ich bei Verena, Georg und ihrem Kater Teddy zu Besuch. Da Teddy der Herr im Hause war, musste ich mich etwas zurücknehmen. Er war ein wenig eifersüchtig auf mich; denn Verena versuchte, auch mich richtig lieb zu haben. Das gefiel Teddy nicht so ganz. Er war meistens recht streitlustig und forderte seine Streicheleinheiten kratzbürstig ein. Irgendwie konnte ich das sogar verstehen. Wahrscheinlich ginge es mir ebenso, wenn ich mein Frauchen mit einer anderen Katze teilen müsste! So zog ich mich in ein anderes Zimmer zurück, um Kämpfen aus dem Weg zu gehen. Der Tag war endlos lang. Immerzu wartete ich, dass man mich wieder abholen würde. Endlich war es dann soweit.

Ich hüpfte aus dem Transportkäfig und beschnupperte erst einmal das Innere des neuen Hauses. An den Wänden entlang führte mich mein Erkundungsgang durch alle Zimmer. Es roch noch neu, nach frischer Farbe und fabrikneuer Auslegware. Überall standen noch die mir wohlbekannten Kisten herum. Na ja, dachte ich, das wird sich bestimmt bald ändern! Sehr hell war es im Haus. Alles machte einen freundlichen Eindruck. Ich fand es schön!

Dann kam der Augenblick, auf den ich schon so lange gewartet hatte: Ich durfte in den Garten! Allerdings nicht allein. Hendrik hatte mich in ein buntes „Katzengeschirr" gezwängt, in dem er mich erst einmal herumführte. Warum machte er das? Ich war doch schon groß genug, um alleine die Gegend zu erkunden! Nach geraumer Zeit hatte ich begriffen, weshalb ich nicht alleine herumstreunen sollte: Er hatte Angst um mich. *Meine Menschen* wollten mir mein neues Zuhause vorführen und ich sollte mich erst einmal daran gewöhnen. Damals wussten sie noch nicht, wie der Orientierungssinn einer Katze funktioniert und wie klug ich war!

Im Garten gab es eine Menge zu erleben. Ich war total aufgeregt und die olle Leine meines Geschirrs verdrehte sich andauernd und drohte mich zu erwürgen. Kaum hatte ich in einer Richtung irgendetwas wahrgenommen, tat sich in einer anderen Ecke etwas noch Interessanteres auf. Ich sprang hin und her, sodass Hendrik gar nicht mithalten konnte. Er war ständig damit beschäftigt, mich zu „entwirren". Lange machte er das nicht mit. Und ich erst recht nicht. Ich schrie und miaute, so laut ich nur konnte und zitierte damit Britta auf die Bildfläche: „So lass sie doch in Gottes Namen allein herumlaufen. Sie wird schon nicht gleich abhauen". Endlich hatte Hendrik ein Einsehen und entließ mich aus dieser Zwangsjacke. Ich hatte meine Freiheit wieder!

ABENTEUERSPIELPLATZ

Für meine Begriffe war der Garten ziemlich groß. Mit meinen kleinen, kurzen Beinchen hatte ich redlich Mühe, von einer Ecke zur anderen zu kommen. Doch es machte mir ungeheuren Spaß, in diesem Areal herumzutoben.

Dicht beim Haus stand ein riesiger Baum. Ich saß nun unten und überlegte, wie ich da wohl am besten hinaufkam. In seinen Zweigen tummelten sich nämlich ein paar niedliche Grünlinge. Ich wollte doch etwas mehr in ihre Nähe. Frisch gewagt ist halb gewonnen, dachte ich mir und kletterte einfach den dicken Stamm hoch, weiter auf den naheliegenden Ast und nahm dann noch eine Abzweigung eine Etage höher. Hui, da war ich den Vögeln doch schon ziemlich nahe auf den Pelz gerückt! Pssst, jetzt leise sein, sonst entdecken sie mich noch, dachte ich. Zu spät! Schwupp, da waren sie weg. Ich schaute mich enttäuscht nach ihnen um. Jetzt merkte ich erst, wie hoch oben ich war. >Miiiiaaaaaaauuu< klagte ich laut und verlassen vor mich hin. Immer wieder. Plötzlich ergriff mich panische Angst, dass ich niemals wieder herunterkommen würde. Endlich hörte Britta mein ängstliches Geschrei.

„Ja, was machst du denn da oben? Na so was. Nun musst du sehen, wie du wieder runterkommst. Ich kann dir nicht helfen!"

>Miaaauuu< gab ich zur Antwort und drehte mich ganz vorsichtig um.

„Ja, komm nur, mein kluges Tigerlein, das machst du aber ganz fein!"

Britta versuchte mich mit ihrer Stimme zu beruhigen und lockte mich Stück für Stück herunter. Mein Herz klopfte wie wild, als ich den letzten Meter einfach heruntersprang. In der Erde unter dem Baum war die Landung ganz weich und angenehm. Geschafft! Ich schüttelte mich und rannte schnell zu meinem Frauchen, das mich auf seinen Arm nahm und mich ausgiebig liebkoste. Das tat gut!

„Bist ein tapferes Tigerlein," hörte ich sie sagen und wusste, dass wir **beide** froh waren, weil ich diesen Ausflug heil überstanden hatte.

Nach dieser Aufregung hatte ich einen enormen Hunger. Ich setzte mich mitten in den Eingang zur Küche und meldete mit energischen Miau-Rufen meine Bedürfnisse an. Was soll ich sagen? Mein Frauchen hatte schnell gelernt, mich zu verstehen und ich bekam, was ich wollte. Nebenbei holte ich mir noch einmal ein paar Streicheleinheiten ab – das tat ja sooo gut! Dann machte ich mich über mein ehrlich verdientes Futter her.

Total gesättigt und rundum zufrieden zog ich mich nun an meinen Lieblingsplatz zurück: eine einfache Schachtel, die unter einem Heizkörper stand. Dort schlief ich ein paar Runden, nachdem ich mich ordentlich geputzt und gesäubert hatte.

Wenn *meine Menschen* sich im Garten aufhielten, durfte ich nicht fehlen. Ich hatte es zu gerne, wenn sie alle um mich versammelt waren! Meistens gab es was zu futtern und ich bekam einige Häppchen davon ab. Hendrik hatte immer etwas zu tun. Ich fand es schön, dabei zu sein. Ich suchte mir einen übersichtlichen Platz aus – die neue Gartenliege fand ich besonders einladend - und beobachtete von meiner Warte aus das Geschehen.

Ab und zu ging ich auf die Jagd. Das war vielleicht aufregend! Früher, als ich noch kleiner war, hatte ich es oftmals auf die gefiederten Freunde abgesehen. Da legte ich mich auf die Lauer – minutenlang. Als ich dann zum Sprung ansetzen wollte, sind sie weggeflogen. Es dauerte sehr lange, bis ich begriffen hatte, dass sie schneller waren als ich.

Ich spezialisierte mich dann auf den Mäusefang. In der Nähe des Komposthaufens, der sich im Laufe der Zeit gebildet hatte und den Hendrik immer wieder mal bearbeitete, gab es ein reiches Feld. Auch dort dauerte das Lauern oftmals einige Minuten. Doch dann lohnte es sich meistens. Ich hatte so eine kleine Maus zwischen den Zähnen. Stolz schritt ich durch den Garten, um meine Beute zu präsentieren. Wenn Britta draußen war, legte ich ihr den Fang vor die Füße. Sie lobte mich und fand, dass ich ein sehr geschicktes Kätzchen war. Aber so richtig freuen konnte sie sich wohl nicht. Was waren die Menschen doch für eigenartige Wesen, dachte ich mir dann und spielte mit der Maus, bis sie sich nicht mehr rührte. Gefressen habe ich die Beute nie!

Irgendwann, im Laufe der Jahre, gelang es mir, mit einer Maus ins Haus zu kommen. Das war ein Heidenspaß! Mein Frauchen hatte das mitbekommen und schrie wie am Spieß:

„Raus mit dir, aber ganz schnell!"

Die Maus hatte ich allerdings schon fallen lassen. Die ergriff ihre Chance, holte tief Luft und rannte wie verrückt durch das Zimmer, um sich im Schuhschrank zu verkriechen. Da Britta sich nicht gut bücken konnte, rief sie nach Hendrik.

„Dort, im Schuhschrank, eine Maus!"

Wild gestikulierend versuchte Britta, ihrer Panik Herr zu werden und ihrem Mann zu erklären, wo das Vieh sich verkrochen hatte. Der öffnete vorsichtig den Schrank, fiel auf die Knie und konnte mit seinen bloßen Händen das keuchende Wesen ergreifen. Vor Angst biss es Hendrik in einen Finger.

„Aua!"

Dann redete er mit der Maus, streichelte sie, die inzwischen wieder zu Atem gekommen war, und setzte sie in den Garten unter einen Strauch, wo sie natürlich schnellstens das Weite suchte. Gerettet!

Ich hatte das Nachsehen. Mein Fang war weg. Aber das Spektakel hatte sich gelohnt! Ich hatte meine Freude dran. Meine Lieben diskutierten eifrig darüber, dass man die Türen doch geschlossen halten müsse – auch im Sommer. Schöne Aussichten!

CHARLIE

Der Sommer war meine liebste Jahreszeit. Es war herrlich, wenn es draußen ganz früh hell wurde. Die Jalousien im Haus öffneten sich automatisch, bevor meine Menschen aus ihren Betten krochen. Es gab so allerhand Interessantes zu sehen am frühen Morgen. Ich setzte mich vor irgendein Fenster und meditierte, bis Hendrik kam und mir mein Frühstück machte. Meistens musste ich nach der Mahlzeit sofort ins Freie, weil mich einfach drinnen nichts mehr hielt! Hendrik und Britta hatten das sehr schnell gelernt und öffneten mir die Tür, bevor ich mich bemerkbar machen musste.

Wie gesagt, der Garten war ja riesengroß. Jeden Morgen machte ich also meinen Rundgang um das Haus. Manchmal war das sehr schnell erledigt. Aber oft wurde ich an dieser oder jener Stelle aufgehalten.

Zum Beispiel war da Charlie.

Ich lernte ihn auf einem Morgenspaziergang kennen, kurz, nachdem wir umgezogen waren. Charlie war ein attraktiver, stattlicher Kater, der in unserer Nachbarschaft ansässig war und der in etwa die gleiche Fellzeichnung hatte wie ich. Der Arme musste wohl mal schwer misshandelt worden sein. Man konnte noch Spuren davon in seinem Gesicht erkennen: Seine Unterlippe wies einen unschönen Spalt auf, so als ob man ein Beil nach ihm geworfen hätte! Er tat mir ziemlich leid.

Doch von Mitleid wollte er nichts wissen! Ich solle ihn behandeln, als wäre er normal. Was war schon normal? ...

Na, jedenfalls vergnügte ich mich ab und zu ganz gut mit Charlie. Er fand mich supersexy und wollte gern der Vater meiner Kinder werden. In dieser Hinsicht musste ich ihn leider enttäuschen, was ihm einen gewaltigen Schock versetzte. Denn er liebte mich wirklich, wie er mir immer wieder bei unseren Rendezvous zu verstehen gab! Die trübe Aussicht, mit mir weiterhin ein Verhältnis ohne Nachkommenschaft aufrecht zu erhalten, machte ihn wohl sehr traurig und zermürbte ihn letztendlich. Am Ende des Sommers kam er irgendwann nicht mehr. Von Kater Harry aus der Nachbarschaft am anderen Ende der Siedlung erfuhr ich dann von seinem einsamen Tod. In Katzenkreisen erzählte man sich, er sei an gebrochenem Herzen gestorben.

VERSCHWUNDEN

Manch ein Sommerabend war so richtig lauschig. Dann standen alle Türen offen und ich konnte herumspazieren, wie es mir gefiel. Meistens machte ich bei solchen Gelegenheiten einen ausgedehnten Rundgang durch die Siedlung und traf diesen oder jenen Artgenossen. Wir saßen uns dann zu einem ausgedehnten Plausch gegenüber. Neuigkeiten wurden ausgetauscht und gute oder schlechte Erfahrungen in der Haustierhaltung mitgeteilt. Dabei stellte ich immer wieder fest, dass ich es ausgesprochen gut mit meinen Menschen getroffen hatte.

An sehr warmen Sommertagen pflegte Hendrik den Garten erst bei einbrechender Dunkelheit zu sprengen. Die Luft war dann frisch und es gab allerlei zu erschnuppern. So führte mich eines Abends mein Weg auch an unser geöffnetes Gartenhäuschen. Neugierig betrat ich es und sondierte das Terrain. Was da alles herumlag! Vielleicht sollte ich meinem Herrchen mal den Tipp geben, es ein wenig aufzuräumen? In einer Ecke lag ein leerer Karton. Na, das kam mir ja gerade recht! Kurz entschlossen verbrachte ich dort ein kleines Päuschen und hing meinen Gedanken über die letzte Unterhaltung mit der gescheckten Maunki nach. Und da geschah es: Jemand schloss die Tür und entfernte sich. Eigentlich hatte ich es gar nicht gern, in verschlossenen Räumen sein zu müssen. Aber es hatte keinen Sinn, mich bemerkbar zu machen.

Niemand konnte mich hören oder sehen. So ergab ich mich in mein Schicksal und schlief.

Irgendwann rief man nach mir, es öffnete sich auch die Tür für einen kurzen Moment. Hendrik suchte nach mir. Doch es gefiel mir so gut an meinem neuen Schlafplatz, dass ich mich ruhig verhielt. So kam es, dass ich bis zum Nachmittag des nächsten Tages im Gartenhäuschen festsaß.

Wie ich später erfuhr, war Britta fast verrückt geworden vor Sorge um mich! Dass ich endlich freikam, ist nur dem Umstand zu verdanken, dass sie eine gute Beobachterin war. Sie bemerkte nämlich, dass die Leuchte am Fenster verschwunden war, und fragte sich, was wohl die Ursache dafür sein konnte. Natürlich war ich die Übeltäterin gewesen. Ich hatte die Lampe umgeworfen, als ich aufs Fensterbrett gesprungen war. Just in dem Augenblick, als ich hinaussah, entdeckte Britta mich.

Die Freude war groß, als sie mich unversehrt wieder hatte! Ich hätte mir ein „Leckerli" verdient, meinte sie.

DIE TERRASSE WIRD UMGEBAUT

Nachdem wir einige Jahre im Haus gewohnt hatten, wurden etliche Reparaturen fällig. Für mich begann eine aufregende Zeit. Tausende von ungewohnten Geräuschen stürmten auf mich ein, die mir manchmal die Haare zu Berge stehen ließen, weil sie für meine empfindlichen Ohren einfach zu laut waren. Zum Glück merkten meine Menschen, wie unwohl ich mich fühlte, und öffneten mir viele Türen in sonst verschlossene Zimmer. So konnte ich mich während der Arbeitszeit verkriechen, wo ich es gerade für angebracht hielt.

Die aufregendste und langwierigste Baumaßnahme war die Neugestaltung der Terrasse. Morgens um sieben Uhr schellten die ersten Bauarbeiter und baten um Einlass. Für mich war das ein Zeichen zum „Untertauchen". Ich verzog mich in den am weitesten entfernten Raum, das Schlafzimmer von Britta. Auf ihrem Bett lag eine Decke, auf der ich mich gemütlich niederlassen oder mich einrollen konnte. Dort döste und meditierte ich dann den ganzen Tag. Manchmal schlief ich auch ganz fest und träumte von Pressluftbohrern und Zementmaschinen, von Männern mit Spaten und Schaufeln und von einer fertig gestellten, wunderschönen Terrasse, auf der ich mich wieder frei bewegen konnte. Mein Futter erhielt ich auch in Brittas Zimmer, sodass ich den

Zufluchtsort täglich erst nach Beendigung der Bauarbeiten zu verlassen brauchte.

Manchmal sah ich aus dem Fenster. Aber nichts und niemand konnte mich dazu bringen, in die vorderen Räume zu kommen! Hin und wieder sah jemand nach mir. Dann erhielt ich meine täglich notwendigen Streicheleinheiten und ich wurde getröstet. Ab sechzehn Uhr, wenn die Bauarbeiter das Grundstück verließen, konnte ich dann endlich hinaus an die frische Luft. Jeden Tag stellte sich die Situation verändert dar, was meiner Aufmerksamkeit natürlich nicht entging. Alles musste ausgiebig beschnuppert und als mein Revier markiert werden, auch wenn manches nur für eine Nacht gültig war. Aber es musste sein! Fremde Artgenossen mussten schließlich von vornherein wissen, wer hier das Sagen hatte! Es kam schon mal vor, dass sich ein Kater oder eine Katze aus der Nachbarschaft auf ihrem ausgedehnten Spaziergang in unseren Garten verirrten. Das war nicht weiter schlimm, aber die Grenzen mussten schon abgesteckt werden!

Immer wieder war das Wetter zu schlecht gewesen. Es regnete, was das Zeug hielt! Wie sollten denn da Fliesen verlegt werden? Langsam war ich es leid, morgens nicht meinen üblichen Rundgang machen zu können. Ganze sieben Wochen dauerte die Bauerei! Aber endlich war doch ein Ende abzusehen und die Bauarbeiter zogen ab. Ich war vielleicht froh darüber! Und meine Menschen konnten es gar nicht fassen, dass sie jetzt endlich wieder ihre Ruhe hatten. Das wirkliche Leben konnte wieder beginnen!

FREUNDLICHER TERROR

M ein Frauchen behauptet, dass ich intelligenter sei als ich scheinen will. Ich wäre „hinterfotzig" und hätte meine Menschen ausnehmend gut im Griff. Ich glaube, da muss ich ihr Recht geben: Ich kann schon ziemlich nervtötend sein!

Beispielsweise kann der Terror schon morgens beginnen:

Ich renne wie von der Tarantel gestochen durch alle Räume (weil alle Türen offen stehen und weil das Lärm macht!), bleibe in Frauchens Schlafzimmer vor ihrem Bett sitzen und krächze ganz erbärmlich ein lang gezogenes miaaauuu, was soviel heißt wie: „Hey, es ist sechs Uhr morgens, wollt ihr nicht mal aufstehen? Ich hab´ so einen Hunger!" Spätestens jetzt wacht Britta auf. Mürrisch, aber der Not gehorchend, steht sie dann auf, tapst schlaftrunken in die Küche und will mir eine Dose öffnen. Ehe sie alle Handgriffe erledigt hat, bin ich schon auf der Anrichte und sehe genau zu, was sie da macht: Ich schmiege mich eng an ihren Oberkörper, sodass ihr kaum Raum zum Hantieren bleibt, und beginne ganz laut zu schnurren: „Geht das nicht ein bisschen schneller?" Sie zieht den Deckel von der Dose und schwupp habe ich meine Nase drin, um zu probieren, ob mir das Fressen auch genehm ist. Ja, ja; es kommt schon vor, dass ich eine Sorte Frischfutter nicht gut finde! Dann springe ich beleidigt vom Tisch, lege mich irgendwo hin und schmolle. Meistens aber mundet mir das Frühstück: Dann kann ich es, fortwährend laut schnurrend, kaum erwarten, bis das Futter im Napf ist. „Hmm, lecker!" Man hört richtig, wie ich schmatze. Mein Frauchen ist dann passé und kann sich wieder in ihr Bett trollen in der Hoffnung, jetzt noch eine Runde genüsslich zu schlafen.

Wenn dann gegen acht Uhr tatsächlich alle aufstehen, fordere ich den zweiten Teil meines Frühstücks, indem ich in der Küche meinen Napf herumschiebe (das macht wieder Lärm (!) wegen der Fliesen), mich zwischen die Beine von Britta oder Hendrik dränge, wenn sie im Bad ihre Morgentoilette erledigen und natürlich wieder lauthals miaue: „Kannst du dich nicht ein wenig beeilen? Ich hab´ doch schon alles leer gefressen!" Besänftigend redet Britta dann auf mich ein, dass ich zu warten habe, bis sie fertig ist: „Du bist doch ein braves Kätzchen!" Das hat zur Folge, dass ich mich demonstrativ auf der Türschwelle zum Badezimmer niederlasse, damit ich auch nicht vergessen werde!

Auf dem Weg zur Küche, wo Hendrik dann endlich das Frühstück zubereiten will, muss er achtgeben, dass ich ihm nicht zwischen die Beine laufe und er über mich stolpert. Bevor er den Kaffee aufsetzen kann, muss ich natürlich erst mein zweites Frühstück bekommen, sonst sind meine Menschen für den Rest des Tages abgemeldet!

Gesättigt vom reichlichen Frühstück mache ich jetzt meine ausgiebige Morgentoilette: Da werden alle Pfötchen abgeleckt und das Fell mit der rauen

Zunge frisiert, das schön gezeichnete Gesicht mit meinen tiefgrünen, großen Augen erfährt eine Generalüberholung.

„Hach, was bin ich doch sooo müde!" Ich miaue in unterschiedlichen Tonlagen und erwarte auch eine Antwort, obwohl meine Menschen gerade intensiv am Lesen der Tageszeitung sind und ich beide definitiv störe. Sie **müssen** mit mir reden. Automatisch murmeln sie was von „liebes Kätzchen" und „braves Tierchen". Aber ich gebe das Miauen nicht auf. Ich fordere von ihnen Beachtung, jawohl, sie müssen mich **wenigstens einmal angucken!** Also bleibt ihnen nichts anderes übrig, als sich von ihrer spannenden Lektüre zu lösen. „Ja, meine Gute, du bist ja braaav" sagt Britta und schaut mir in die großen, grünen Augen. Ich drehe das Köpfchen hin und her, „na also, geht doch", erhebe mich zufrieden und suche mir endlich einen Schlafplatz.

Brittas Tagewerk beschäftigt sie in verschiedenen Räumen des Hauses. Aufräumen im Büro ist angesagt. Etliche Häufchen von abzuheftenden Dokumenten liegen herum. Eine Arbeit, die einfach zwischendurch gemacht werden **muss,** wie sie immer wieder sagt.

Weil mir langweilig ist, erscheine ich plötzlich im Türrahmen. Ich weiß genau, dass Britta mich aus dem Augenwinkel sieht, sie stellt sich aber uninteressiert (will mal wieder nicht gestört werden!). Ich sitze eine ganze Weile da und beobachte mein Frauchen stillschweigend. Dann schüttele ich mich, dass mein Halsbandglöckchen laut zu hören ist, und mache mich zusätzlich mit einem lang gezogenen Gähnen bemerkbar: „Nun schau doch endlich mal her! Ich bin´s, dein süüüüßes Tigerlein. Hallo, siehst du mich denn nicht?" Keine Reaktion! Jetzt versuche ich sämtliche Tricks, um Aufmerksamkeit zu erlangen. Ich wende mich mit einem urigen Glucksen ab und trotte in die Küche, um meinen Fressnapf herumzuschieben. Das macht Lärm, aber nichts geschieht. Es dauert nicht lange, da renne ich mit Karacho vors Büro, bleibe dort sitzen und miaue herzerweichend.

„Ja, was willst du denn, meine Liebe? Möchtest wohl in den Garten, was?" Britta gibt sich geschlagen, lockt mich mit „komm, Tigerlein, komm" und öffnet mir die Terrassentüre. Aber ich habe es nicht eilig (sie aber!). Zunächst schnuppere ich, wie die Luft riecht! Das dauert so ungefähr eine Minute. Nachdem ich festgestellt habe, dass „die Luft rein ist", wage ich mich zur Hälfte (Po und Schwanz ragen noch in den Raum hinein) hinaus. Wieder verstreicht mindestens eine Minute. Offensichtlich ist kein Feind in Sicht! Endlich entschließe ich mich, ganz ins Freie zu verschwinden.

Zwei Minuten von Brittas kostbarer Freizeit sind dahin. Ihre Nerven haben diese Belastung gerade noch ausgehalten! Sie begibt sich wieder zu ihren Akten, will endlich damit fertig werden und hat sich gerade vorsichtig (sie ist ja behindert!) hingesetzt, da schallt ihr mein jämmerliches, vorwurfsvolles miau an die Ohren: „Ich will jetzt wieder rein. Hier draußen ist nichts los und du kommst ja auch nicht!"

Britta ist jetzt ungehalten: „Alte, unmögliche Trulla", ruft sie und lässt mich eine ganze Zeit „heulen", dann platzt ihr der Kragen: „Kannst du nicht mal Ruhe geben, du Mistvieh? Ich habe hier zu tun. Du bleibst jetzt draußen, basta!"

Sie brüllt durch das geöffnete Fenster, was das Zeug hält. Augenblicklich bin ich ruhig. Au Backe, jetzt ist sie aber wirklich ärgerlich!

Nach einer Stunde erinnert sie sich daran, dass ich ja noch im Garten sein müsste und sieht nach mir. Ich habe es mir in der Zwischenzeit gemütlich gemacht, liege ganz entspannt auf unserer Gartenliege halb in der Sonne, halb im Schatten und schlafe. Mein Katzenleben ist einfach herrlich!

EINDRINGLING

E in lauer Sommerabend. Die Luft ist erfüllt
vom betörenden Duft der Engelstrompete.
Immer wieder streicht eine solche Wolke, vom
leichten Wind getragen, an meiner empfindlichen
Nase vorbei. „Ach, wie ist das entspannend in
diesem Paradies" seufze ich genießerisch vor
mich hin und wälze mich auf der Teakholz-Liege
wohlig hin und her. Gerade, als ich meine
schweren Augen ein wenig schließen will, dringt
ein Geräusch an meine Ohren, das ich nur zu gut
kenne: Kater Harry aus der Nachbarschaft!

„So ein Mistkerl" zische ich aus dem Mund-
winkel, „der kommt immer wieder, obwohl ich
ihm das schon so oft verboten habe! Na warte,
komm nur her, dann wirst du schon sehen, was du
davon hast!"

Drohend richte ich mich vorsichtig auf, verlasse
die Liege ganz langsam und leise und ziehe mich
in die halb geöffnete Terrassentür zurück. Ein
großer Oleanderkübel gewährt mir dabei eine
gewisse Deckung. Harry trottet nichts ahnend
durch den Garten, schnuppert an einzelnen
Sträuchern herum.

„Der weiß ganz genau, dass **ich** hier wohne und
dass er hier nichts zu suchen hat. So ein Schuft!"
ereifere ich mich immer mehr.

Der schwarze Kater mit den weißen Füßen
glaubt wohl, dass er unbeobachtet ist, und kommt
mir immer näher.

„Zugegeben, er sieht ja nicht schlecht aus. Man
könnte schon sagen, dass er eine stattliche Er-

scheinung ist und manch eine Katzendame mag von ihm beeindruckt sein. Ich aber nicht! Und ich kann es nicht ausstehen, wenn mein Garten von ungebetenen Gästen betreten wird!" Meine Wut steigert sich.

„Gleich hab´ ich dich, du Gangster, komm nur näher!" flüstere ich aufgeregt. Da erscheint er auch schon. Ich presche im gleichen Augenblick fauchend und Zähne fletschend wie der Hund von Baskerville mit feurig funkelnden Augen aus meiner Deckung. Er bleibt für einen Moment wie angewurzelt stehen. „Die Überraschung ist mir gelungen", denke ich und verpasse ihm einen ordentlichen Hieb mit meiner Rechten. Mit einem nie gehörten, lang gezogenen „Miiiauauau" macht er auf dem Absatz kehrt, rennt ein paar Schritte und dreht sich noch einmal um.

„Hau bloß ab, du Schwerenöter, hier gibt es nichts für dich zu holen" brülle ich ihm fauchend hinterher. „Das hier ist mein Revier, da hast du überhaupt nichts verloren. Merk dir das jetzt ein für alle Mal! Und lass dich ja nicht mehr blicken!"

Ich nehme meine Angst einflößende Sprunghaltung ein. Harry bekommt bei diesem Anblick „kalte Füße" und verschwindet mit mehreren missbilligenden Miaus aus meinem Zuhause.

Aus dem Wohnzimmer höre ich lobende Worte von Britta, die die ganze Szene gespannt beobachtet hat: „Braves Tigerlein. Das hast du fein gemacht!" Liebevoll streicht sie mir über den Rücken, als ich mich hinter der nunmehr geschlossenen Tür entspannt niederlasse.

„Ja, ich bin auch zufrieden" murmele ich. „Dem hab´ ich gezeigt, wer hier das Hausrecht hat!"

KUSCHELN

„Ach, ich möchte so gerne zu dir kommen!" Angespannt und jederzeit sprungbereit hocke ich, Britta hoffnungsvoll anguckend, vor dem Frühstückstisch. Ich kann es kaum erwarten, bis sie es merkt, und maunze ein wenig. Das hilft!

„Wo ist denn das brave Kätzchen? Na, komm, es gibt was Feines!"

Endlich. Sie hat mich erhört. Ich nehme den kürzesten Weg und springe über einen Stuhl zu meinem Frauchen auf den Schoß. Erst einmal muss ich sehen, was da an Köstlichkeiten für mich herumliegt: getoastetes Vollkornbrot. Lecker. Ob ich da wohl etwas abkriege? Eine Grapefruit ... nee, muss nicht sein. Joghurt! Aber der ist noch nicht offen. Davon will ich aber was haben!

Ich kuschele mich auf dem Schoß zurecht und schnurre, so laut ich kann. Wie von selbst ergibt es sich, dass Britta mich zärtlich über den Rücken streichelt vom Kopf bis zum Ende meines Schwanzes, meinen Nacken krault und mir liebe Worte zuflüstert. „Willst du ein Stückchen", fragt sie und hält mir eine kleine Ecke von meinem Lieblingsbrot vor die Nase. Ich schnuppere daran und öffne dann mein Maul. Schwupp, da ist die Ecke drin. Schmeckt köstlich!

Zwei-, dreimal habe ich noch dieses Glück. Dann wird der Joghurt geöffnet. Mein Schnurren wird immer lauter und ich greife mit meiner Pfote nach dem Becher zum Zeichen dafür, dass ich auch was will. „Ja natürlich bekommst du auch was, mein Liebling!"

Britta schöpft mir einige kleine Löffel voll auf eine Untertasse und ich lasse es mir schmecken. „Welch ein Hochgenuss, das ist himmlisch!", bedanke ich mich mit drei aufeinanderfolgenden Miaurufen, und schaue mein Frauchen mit großen Augen dankbar an. Den leeren Becher darf ich auch noch auslecken, ein wenig ist immer noch für mich drin! Hingebungsvoll verschwinde ich fast mit meinem ganzen Gesicht im Joghurt-becher und schmatze genüsslich mit ge-schlossenen Augen.

„Das war ja mal wieder ein Festmahl" teile ich meinem Frauchen mit, indem ich mich aufrichte und ihre Wange lecke. Dann lege ich mich wieder gemütlich auf ihrem Schoß zurecht und lasse mich noch ein wenig verwöhnen, während sie ihren Kaffee zu Ende schlürft. Es geht mir so gut, dass ich auch noch an ihrem Nickipullover zu nuckeln beginne und mit meinen Füßen tretele, wie ich das von Mama gelernt habe.

So liege ich noch mindestens fünf Minuten auf Brittas Schoß. Mein ganz spezielles Verwöhn-programm ist das! Und mein Frauchen weiß das und gibt mir oft Gelegenheit dazu.

SCHLAFPLÄTZE

Ich schlafe nicht immer am gleichen Ort. Das wäre ja entsetzlich langweilig! Hunde machen das vielleicht, dass sie immer in ihr Körbchen huschen, wenn sie müde sind. Aber Katzen doch nicht! Sie sind wesentlich intelligenter und einfallsreicher. So wie ich! Unsere Wohnung ist sooo groß; da finden sich immer wieder neue, kuschelige Plätze, an denen ich mein müdes Haupt niederlegen kann.

Neulich hatten wir Besuch. Freunde von Britta und Hendrik blieben drei Tage bei uns. Als sie ankommen, liege ich gerade im Wohnzimmer auf *meiner* Couch. Ja, ja. Es stimmt: Auf m e i n e r Couch!. Britta hat mir extra eine flauschige Decke auf das Sofa gelegt, damit ich es erstens schön weich habe und zweitens, dass sich nicht alle meine Haare auf dem Stoff der Couch verfangen.

Mirjam setzt sich zu mir. So nimmt sie meinem Frauchen gegenüber Platz. Sie schlägt die Decke zurück. Jetzt befinde ich mich in einer Höhle. Zu allem Überfluss streicht Mirjam auch noch sanft mit ihrer Hand über den kleinen Hügel, der sich so gebildet hat. Schön gleichmäßig und im stets gleichen Bewegungsrhythmus.

„Aaah, das ist gut. Sehr angenehme Stimmung, das" murmele ich vor mich hin, strecke mich lang aus und fühle mich pudelwohl! Die beiden Frauen unterhalten sich. Auch über mich. Ich höre das ganz genau, auch wenn sie glauben, dass ich tief und fest schlafe.

„Du kannst so den ganzen Abend sitzen bleiben und Tiger streicheln" stellt Britta fest. „Das mag sie und fängt bestimmt gleich an zu schnurren!"

Und Mirjam erzählt von den Katzen ihres Sohnes, die sie nun zwei Wochen lang versorgt hat. „Eigentlich haben wir ihnen nur morgens und abends das Futter hingestellt. Eine richtige Beziehung konnten wir zu den Tieren gar nicht aufbauen. Wir waren ja dauernd unterwegs" meint sie.

„Was für arme Geschlechtsgenossen", grunze ich wohlig vor mich hin, als ich das höre. „Was habe ich es doch gut, dass meine Britta fast immer zuhause bei mir ist!"

Nach einer guten Stunde gibt es Abendbrot. Alle begeben sich ins Esszimmer. Ich gehe natürlich mit und lege mich nun in meinen Karton, der unter dem Heizkörper platziert ist. Schlafplatz Nr. zwei. Es ist nur ein leerer, etwas ausgebeulter Schachteldeckel. Aber ich liebe ihn nun mal! An diesem Ort bin ich mitten im Geschehen und doch ein wenig abseits und versteckt. Genau richtig für mich. So höre und sehe ich alles. Das ist das Wichtigste!

Das Abendessen ist beendet. Alle begeben sich wieder ins Wohnzimmer. Nach einer Weile suche ich mir meinen Platz auf dem Kratzbaum vor dem Fenster. Die oberste Plattform ist genau richtig. Ich liege auf Augenhöhe mit den Menschen, die um mich herum sind, habe aber doch meinen eigenen Bereich und einen Superausblick dazu!

Ich kann alles beobachten, was sich im Garten abspielt. Und da ist vor Einbruch der Dunkelheit noch eine ganze Menge los!

„Wehe, wenn der Schwarzkittel aus der Nachbarschaft sich hier wieder blicken lässt! Dann werde ich aber ungemütlich. Schon so oft habe ich ihn wissen lassen, dass er in *meinem* Garten nichts verloren hat!" Innerlich grollend lege ich meinen Kopf auf die Vorderpfoten.

Wenn die Nacht hereinbricht und alle ins Bett gehen, marschiere ich oft mit ins Zimmer von Britta. Dort habe ich auf einer wunderbar flauschigen Kuscheldecke meinen Schlafplatz Nummer vier. Die Tür zu diesem Raum ist nachts immer geöffnet. So kann ich zwischendurch auch mal woanders hinwandern. Hin und wieder bin ich nachts einfach nicht müde genug. Meistens dann, wenn ich tagsüber sehr viel geschlafen habe. Dann spaziere ich im ganzen Haus herum und gucke nach dem Rechten.

Tagsüber, wenn Britta am Computer sitzt, muss ich natürlich dabei sein! Ich lege mich dann auf Hendriks Bett – dort ist übrigens mein Lieblingsplatz. Manchmal ist es abgedeckt mit einer Kuscheldecke. Da kann ich mir dann eine schöne Höhle bauen, indem ich unter die Decke krieche. Keiner sieht mich dort, aber ich bin doch sozusagen „am Ort des Geschehens". So kriege ich stets mit einem Ohr alles mit, was passiert. Und das ist für eine Katze wie mich das Allerwichtigste!

Im Winter liege ich zu gerne auf dem Fensterbrett im Wohnzimmer. Britta hat dort eigens Platz
gelassen und keine Blumentöpfe hingestellt.
Dafür bin ich ihr von Herzen dankbar! Die
Heizung unter dem Fensterbrett wärmt mich total
durch, wenn ich lange im Freien war. Das tut
meinen alten Knochen unsagbar gut. Nun ja, man
muss der Realität ins Auge sehen: Ich bin immerhin schon fünfzehn Jahre alt! Wenn ich dort
längere Zeit schlafe, beginne ich automatisch zu
schnarchen, eben weil ich mich so wohl fühle.

Es gäbe noch eine Menge anderer Schlafstellen,
über die ich berichten könnte. Aber ich denke,
dass es nun genug ist!

URLAUB

Manchmal müssen meine Menschen verreisen. Warum das so ist, weiß ich auch nicht. Diese Situation mag ich überhaupt nicht. Vielleicht, weil dann mein ganzer schöner Lebensrhythmus total durcheinandergerät.

Ich kann es eben nicht leiden, wenn meine Britta wegfährt. Wenn sie nicht da ist, muss ich auf so viele Streicheleinheiten verzichten. Ich bekomme kaum Leckerlis oder Häppchen vom Essen ab. Und keiner bürstet mir das Fell, wenn Hendrik weg ist. Dabei brauche ich es so sehr, regelmäßig gebürstet zu werden! Schließlich bin ich auch nicht mehr die Jüngste und nicht mehr ganz so beweglich wie früher. An manche Stellen an meinem Körper komme ich auch mit den tollsten Verrenkungen nicht heran. Aber mein Fell juckt trotzdem.

Jaaa, mein Katzensitter ist schon nett und freundlich zu mir und ich muss auch nicht hungern. Aber es ist natürlich nicht so wie sonst, wenn meine Menschen um mich herum sind. Mir ist einfach nicht so wohl ohne meine Menschen. Und niemand versteht mich so gut wie meine Britta!

Meistens muss ich diesen Zustand drei Wochen lang aushalten. Die können sooo lang sein! Irgendwie komme ich in diesen Tagen nicht richtig zur Ruhe. Ich schleiche herum und laufe von einem Zimmer ins andere, schnuppere an mir lieb gewordenen Ecken und Plätzen und schlafe viel. Ich mache mir Sorgen. Es könnte ja sein, dass Britta und Hendrik nicht mehr zurückkommen. Die Angst ist immer da, obwohl ich glaube, dass sie mich nicht wirklich einfach zurücklassen würden. Nein, das würden sie freiwillig nicht tun!

Aber wenn beide zurückkommen, dann ist das jedes Mal ein Fest für mich. Das genieße ich in vollen Zügen. Ich lege mich mitten in den Koffer, so als wollte ich sagen: Jetzt fahrt ihr aber nicht mehr weg. Dann werde ich ausgiebig liebkost, gestreichelt, gekrault und mit Worten und Leckerlis verwöhnt. Ich darf mir dann fast alles erlauben, was mir sonst verboten ist. Sie haben mich eben doch sehr lieb!

ALLES NEU

A lso, jetzt bin ich total frustriert. Jahrelang war ich der Meinung, es würde sich hier nichts mehr ändern. Es hatte sich doch alles in diesem Haus so wunderbar eingespielt. Meine Erziehungsmaßnahmen bei Herrchen und Frauchen waren endlich auf fruchtbaren Boden gefallen. Nach unsäglichen Mühen hatte ich mich endgültig zur Chefin unseres Hauses hochgearbeitet. Und nun das: Veränderungen auf der ganzen Linie. Meine gewohnten Wege ins Freie sind plötzlich verschwunden!

Was hat sich meine Familie da nur wieder einfallen lassen? Ohne mich zu fragen oder in die Planungen mit einzubeziehen, hatte sie beschlossen, die alten Fenster und Terrassentüren auszutauschen.

Das war vielleicht ein Tag, als die Bauarbeiter mit der neuen Anlage kamen! Die war so hoch und so breit, dass sie gar nicht durch die Haustür gehoben werden konnte. Eine Aufregung war das vielleicht! Das Objekt musste über den Gartenzaun auf das Grundstück gehievt werden, und dazu waren sechs starke Männer nötig. Von meinem Beobachtungsposten am Gartenhäuschen aus konnte ich alles ganz gut verfolgen, ohne dabei selber in Gefahr zu geraten. Nicht auszudenken, wenn dieses Riesenteil auf mich drauf fallen würde! Nein, nein, geschnuppert wird erst, wenn das Ganze fest eingebaut ist! Aber zuerst brauchten die Männer ja Platz für den Einbau.

Die alte Fensterbrüstung musste weg. Oh je, da verlor ich ja auch meinen Lieblingsplatz auf dem Fensterbrett. Das war aber wirklich schade! Dort war es im Winter immer so schön warm durch die aufsteigende Heizungsluft; und im Sommer hatte ich den ganzen Garten im Blick. Hmmm, etwas wehmütig war mir schon zumute.

Jetzt ist alles viel größer, schöner, moderner und vor allem zweckmäßiger. Na ja, mein Frauchen kommt nun mit dem Rollstuhl ohne Hilfe auf die Terrasse. Das ist prima, denn da kann ich immer mit. Der neue Ausblick ist phänomenal. Ich sehe sofort, was draußen los ist, und es kommt viel mehr Sonne herein, die meinen Pelz wärmen kann. Aber mein alter Spazierweg ist nicht mehr. Wo sich früher die Tür öffnen ließ, ist nun ein feststehendes Element. Der Ausgang ist jetzt auf der anderen Seite der Fensterfront.

Nun muss ich mich noch einmal neu orientieren. Das ist gar nicht so einfach. Oft stehe ich dort, wo es vorher hinausging, und weiß nicht, was los ist. Ob das mit dieser Krankheit, die die Menschen Alzheimer nennen, zu tun hat? Oder nur mit meinem Alter? Ich werde im kommenden Mai immerhin schon sechzehn! Na ja, gewöhnungsbedürftig ist es allemal, dass ich künftig immer links raus muss. Hoffentlich bekomme ich wenigstens keinen Linksdrall!

DAS LETZTE KAPITEL

W ie alle Lebewesen auf dieser schönen Erde werde auch ich langsam älter und irgendwann wird es mich nicht mehr geben. Man kennt mich dann nur noch aus den Geschichten und Streichen, die mancher über mich zu berichten weiß, und von den zahlreichen Fotos, auf die meine Menschen mich gebannt haben. Doch Bilder allein können nicht erzählen, w e r ich wirklich war. Deshalb habe ich hier von meinem Frauchen einiges über mich aufschreiben lassen für all jene, die mich nicht nur auf Fotos ansehen, sondern wirklich kennenlernen wollen.

Hätte ich Nachkommen, wären diese Szenen aus meinem Leben natürlich für sie bestimmt. Doch leider war mir eine zahlreiche Kinderschar nicht gegönnt. Schwamm drüber! Ich habe es doch außerordentlich gut getroffen und kann und will mich nicht beklagen. Aber ich denke immer wieder daran, wie es mir ergangen wäre, wenn ich nach dem Tod meiner Mutter nicht bei Elfi gelandet und gefüttert worden wäre ... Alles, was sich daraus ergab, habe ich eigentlich ihr zu verdanken. So liegt es nahe, dass ich ihr diese Zeilen widmen und damit in besonderer Weise danken möchte.

NACHWORT

Über Tiger ließe sich täglich eine neue Szene schildern. Doch ich, ihr geliebtes Frauchen, denke, dass der Leser schon einen ganz guten Eindruck von ihr und ihrem Alltag gewinnen konnte. Noch ist sie recht munter und hält uns auf Trab. Wenn sie uns einmal verlässt und für immer ihre treu blickenden Kulleraugen schließt, wird es sicherlich eine Fortsetzung dieser Erinnerungen geben.

 **Birgid Krause**, 1949 in Niederbayern geboren und aufgewachsen, lebt mit ihrem Mann und ihrer Katze Tiger in Berlin. Nach mehrjähriger Praxis als Lehrerin und dreiundzwanzigjähriger Tätigkeit als Pfarrsekretärin in einer katholischen, ehemals durch die Mauer geteilten Gemeinde, ist sie seit Oktober 2003 im Ruhestand. Sie schreibt seit ihrem zwölften Lebensjahr, zumeist humorvoll oder ironisch, in Form von Tagebucheinträgen, Prosa – und Mundartgedichten oder gereimter Lyrik, als Auseinandersetzung mit dem Tagesgeschehen. Seit ihrem fünften Lebensjahr ist sie behindert nach Kinderlähmung und seit 2003 Rollstuhlfahrerin. Ihr Handicap ist ihr allerdings weniger eine Last, als eine Möglichkeit, das Leben trotzdem als schön und lebenswert zu empfinden und ihren Gedanken Flügel zu verleihen.